AF324356

CATALOGUE

DES

PORCELAINES DE LA CHINE

ET DU

JAPON

Vases, Potiches, Cornets, Bouteilles, etc.

GRÈS ET POTERIE

JADES, ÉMAUX CLOISONNÉS

Composant la cinquième vente BEURDELEY

ET DONT LA VENTE AURA LIEU

HOTEL DROUOT, SALLE N° 1

Les Jeudi 24 et Vendredi 25 Mars 1898

A DEUX HEURES

COMMISSAIRE-PRISEUR	EXPERTS
Me PAUL CHEVALLIER	MM. MANNHEIM
10, rue de la Grange-Batelière, 10	7, rue Saint-Georges, 7

EXPOSITION PUBLIQUE

Le Mercredi 23 Mars 1898, de une heure et demie à cinq heures et demie

CONDITIONS DE LA VENTE

Elle sera faite au comptant.

Les acquéreurs payeront *cinq pour cent* en sus des enchères.

L'exposition mettant le public à même de se rendre compte de l'état et de la nature des objets, aucune réclamation ne sera admise une fois l'adjudication prononcée.

Paris. — Imprimerie de l'Art, E. Moreau et Cⁱᵉ, 41, rue de la Victoire.

DÉSIGNATION DES OBJETS

PORCELAINES DE CHINE

FAMILLE VERTE

1 — GRAND VASE à panse ovoïde et col légèrement évasé, en ancienne porcelaine de Chine, famille verte; décor de guerriers dans un paysage montagneux.

Haut., 71 cent.

2 — GRAND VASE en ancienne porcelaine de Chine, famille verte; renflement au col; décor à compartiments : fleurs et attributs, sur fond vert chargé d'insectes et de fleurs.

Haut., 71 cent.

3 — DEUX GRANDES POTICHES en ancienne porcelaine de Chine, famille verte, à décor de guerriers combattant dans des paysages.

Haut., 50 cent.

(Elles proviennent de la vente Montebello.)

4 — DEUX BOITES lenticulaires en ancienne porcelaine de Chine, famille verte, décorées sur leurs couvercles de deux personnages à califourchon sur des animaux chimériques, accompagnés de trois autres personnages porte-étendards. Les pourtours sont décorés de mosaïques ainsi que de réserves contenant des ustensiles divers.

Diam., 23 cent.

5 — **Deux potiches** accompagnées de deux couvercles en ancienne porcelaine de Chine, famille verte, décorées d'une scène enfantine dans un parc.

6 — **Vase-balustre**, à col coupé, en ancienne porcelaine de Chine, famille verte, décorée, à sa partie supérieure, de compartiments renfermant des paysages animés et, à sa partie inférieure, d'objets mobiliers disposés symétriquement.

7 — **Vase-balustre**, à col évasé, légèrement surbaissé, en ancienne porcelaine de Chine, famille verte, décoré sur la panse, ainsi que sur le col, de scènes d'intérieur réservées sur fond rouge de fer.

8 — **Vase-balustre** en ancienne porcelaine de Chine, famille verte, décoré de huit personnages : les Immortels et d'un cerf, l'Axis sacré.

9 — **Bouteille** à panse sphérique et long col en ancienne porcelaine de Chine, famille verte, décorée d'oiseaux, branchages et fleurs de pêcher en émaux de couleurs rehaussés de dorure.

10 — **Petit vase** en ancienne porcelaine de Chine, famille verte ; décor de vases et signes d'écriture.

11 — **Bassin** octogonal en ancienne porcelaine de Chine, famille verte, à décor de dragon, d'oiseaux et de fleurs.

12 — **Deux plaques** en ancienne porcelaine de Chine, famille verte, à décor de personnages sur une face, et de branches fleuries sur l'autre.

13 — **Plaque** de revêtement en ancienne porcelaine de Chine, famille verte, à décor de branches fleuries.

14 — **Six petites plaques** de revêtement, en forme de cœur, en ancienne porcelaine de Chine, famille verte ; décor de branches fleuries.

15 - DEUX PARTIES INFÉRIEURES DE CORNETS en ancienne porcelaine de Chine, famille verte, à décor de compartiments fleuris.

16 — DEUX PETITS PLATEAUX coquilles en ancienne porcelaine de Chine, famille verte : arbustes.

17 — DEUX PERRUCHES en ancienne porcelaine de Chine, famille verte.

18 — DEUX TASSES, à huit pans, en ancienne porcelaine de Chine, famille verte, à décor de petits paysages alternant avec des compartiments de quadrillés.

19 — DEUX GOBELETS en ancienne porcelaine de Chine, famille verte, décorés de deux scènes : Mandarin donnant une audience et festin.

20 — TASSE ET SON COUVERCLE en porcelaine de Chine : décor de dragons.

PORCELAINES DE CHINE

FAMILLE ROSE

21 — VASE-BALUSTRE à quatre pans et col carré en ancienne porcelaine de Chine, famille rose : scènes familiales.

22 — PAIRE DE VASES-BALUSTRES en ancienne porcelaine de Chine, famille rose, décorés, sur leurs cols et leurs panses, de personnages en diverses attitudes.

23 — PAIRE DE VASES-BALUSTRES en ancienne porcelaine de Chine, famille rose, décorés d'une scène animée de cinq personnages au bord d'une rivière.

24 — PAIRE DE VASES-ROULEAUX en ancienne porcelaine de Chine, famille rose, décorés de trois personnages et d'une biche.

25 — VASE CYLINDRIQUE en ancienne porcelaine de Chine, famille rose, décoré de cerfs et de daims ainsi que d'oiseaux sous de grands arbres.

Haut., 55 cent.

26 — PETIT VASE AVEC SON COUVERCLE en ancienne porcelaine de Chine, famille rose, à décor de fleurs en couleurs, sur fond jaune gravé sous couverte. Monture en cuivre doré.

27 — DEUX PETITS VASES-APPLIQUES, accostés par deux petites figurines d'enfants, en ancienne porcelaine de Chine, famille rose.

28 — DEUX PITONGS en porcelaine de Chine, famille rose, à décor de personnages, inscriptions et vases.

29 — JARDINIÈRE carrée en ancienne porcelaine de Chine, famille rose; décor imitant le bois et compartiments de paysages animés.

30 — SOCLE RECTANGULAIRE en ancienne porcelaine de Chine, famille rose; décor de compartiments fleuris, d'arabesques et de vermiculés.

31 — POT A GINGEMBRE AVEC SON COUVERCLE en ancienne porcelaine de Chine, famille rose; décor de réserves lobées fleuries et de chrysanthèmes sur fond capucin.

32 — DEUX POTS OVOÏDES AVEC LEURS COUVERCLES en ancienne porcelaine de Chine, famille rose, décorés d'un jeté de papillons et de fleurs en couleurs sur fond bleu uni.

33 — DEUX STATUETTES D'HOMME ET DE FEMME DEBOUT en ancienne porcelaine de Chine, famille rose; vêtements décorés au naturel; ils portent un vase dans la main droite et reposent sur des socles rectangulaires ajourés à la partie antérieure.

34 — PETIT PITONG HEXAGONAL en ancienne porcelaine de Chine, famille rose, à décor de fleurs, poissons et lambrequins.

35 — Deux théières, en forme de coq. en ancienne porcelaine de Chine, famille rose.

36 — Deux petits canards en ancienne porcelaine de Chine. famille rose, décorés au naturel.

CÉLADONS BLEU-TURQUOISE DE LA CHINE

37 — Vase en forme de double poisson en ancien céladon bleu-turquoise de la Chine.

38 — Deux jardinières ovoïdes en ancien céladon bleu-turquoise truité de la Chine.

39 — Porte-coiffure en ancien céladon bleu-turquoise truité de la Chine ; il est de forme sphérique, repercé à jour, sur pied balustre cantonné de quatre consoles ajourées.

40 — Deux petits vases-balustres ajourés en ancien céladon bleu-turquoise de la Chine.

41 — Vase à panse ovoïde en ancien céladon bleu-turquoise truité de la Chine; il est décoré sur la panse d'une frise de fleurs et de feuillages, et sur le col et la base de larges feuilles ; le tout gravé sous couverte. Anses dragons.

42 — Vase formé de deux vases accolés, muni de deux anses têtes d'éléphants, en ancien céladon bleu-turquoise truité et jaspé violet de la Chine.

43 — Vase-balustre à nervures horizontales et anses bambous en ancien céladon bleu-turquoise truité de la Chine.

44 — Vase à panse sphérique et long col évasé, en ancien céladon bleu-turquoise truité de la Chine, décoré de branchages gravés sous couverte.

45 — Vase-balustre à panse sphérique aplatie en ancien céladon bleu-turquoise truité de la Chine.

46 — Vase carré à pied et goulot cylindrique en ancien céladon bleu-turquoise truité de la Chine.

47 — Bouteille à panse sphérique en ancien céladon bleu-turquoise truité de la Chine.

48 — Autre, semblable à la précédente, mais plus petite.

49 — Bouteille en ancien céladon bleu-turquoise jaspé de bleu foncé. Chine.

50 — Petite jardinière rectangulaire en ancien céladon bleu-turquoise truité de la Chine, décorée de chimères gaufrées sous couverte.

51 — Jardinière cylindrique en ancien céladon bleu-turquoise truité de la Chine.

52 — Grande coupe en forme de feuille de nélumbo en ancien céladon bleu-turquoise truité de la Chine.

53 — Autre analogue, de même porcelaine.

54 — Petite coupe sur piédouche circulaire, formée par une fleur de nélumbo, en ancien céladon bleu-turquoise truité de la Chine.

55 — Deux petites coupes de forme cylindrique surbaissée en ancien céladon bleu-turquoise truité de la Chine.

56 — Deux plateaux ronds variés en ancien céladon bleu-turquoise de la Chine.

57 — Petite table à écrire en ancien céladon bleu-turquoise de la Chine.

58 — Petit bassin oblong en ancien céladon bleu-turquoise de la Chine.

59 — Deux petits vases en ancien céladon bleu-turquoise de la Chine.

60 — Petit support hexagonal en ancien céladon bleu-turquoise de la Chine, décoré de trois amours en bronze, de travail européen.

61 — Dix-huit soucoupes en ancien céladon bleu-turquoise de la Chine.

62 — Pitong en ancien céladon bleu-turquoise truité de la Chine.

63 — Petit vase en forme de gourde aplatie, à double renflement, orné sur ses deux faces du signe des forces créatrices de la nature. Ancien céladon bleu-turquoise truité de la Chine.

64 — Pitong formé par une baie de bambou en ancien céladon bleu-turquoise truité de la Chine.

65 — Deux très petits vases en forme de potiche en ancien céladon bleu-turquoise truité de la Chine.

66 — Paire de petits vases-balustres à quatre pans, munis de deux petites anses en ancien céladon bleu-turquoise truité de la Chine.

67 — Pitong simulant une section de bambou feuillagé en ancien céladon bleu-turquoise truité de la Chine.

68 — Pitong en ancien céladon bleu-turquoise truité de la Chine, à décor simulant des bambous.

69 — Paire de pitongs ajourés, à décor de branches fleuries en ancien céladon bleu-turquoise truité de la Chine.

70 — Paire de pitongs ajourés plus petits : même décor et même porcelaine.

71 — Paire de petits vases-balustres à six pans, munis de deux petites anses en ancien céladon bleu-turquoise truité de la Chine.

72 — Petit vase carré en ancien céladon bleu-turquoise truité de la
Chine, décoré sur les quatre pans des Pa-Koua.

73 — Petite bouteille en ancien céladon bleu-turquoise de la Chine.

74 — Petit groupe formé par deux poussahs en ancien céladon bleu-
turquoise de la Chine.

75 — Deux petits godets formés par deux noix sur lesquelles sont
assis deux singes. Ancienne porcelaine de la Chine.

76 — Deux supports en ancien céladon bleu-turquoise de la Chine, sur
pieds figurés par des chiens de Fô. En deux dimensions.

77 — Godet d'encrier en forme de magot en ancien céladon bleu-turquoise de la Chine.

78 — Autre plus petit.

79 — Deux petits porte-bouquets en forme de chimère en ancien
céladon bleu-turquoise de la Chine.

80 — Deux compte-gouttes formés de deux singes accroupis en ancien
céladon bleu-turquoise de la Chine.

81 — Deux petits chevaux en ancien céladon bleu-turquoise de la
Chine.

82 — Deux bols en ancien céladon bleu-turquoise truité de la Chine.

PORCELAINES BLANCHES DE LA CHINE

83 — DEUX CHIMÈRES sur socles rectangulaires en ancien blanc de Chine.

84 — VASE LIBATOIRE en ancien blanc de Chine.

85 — DEUX PETITS CHIENS DE Fô en ancien blanc de la Chine.

86 — PETIT COQ CHANTANT en blanc de la Chine.

87 — STATUETTE DE FEMME ASSISE en ancien blanc de la Chine.

88 — PETIT CHIEN DE Fô en ancien blanc de Chine.

89 — QUATRE CHEVAUX AU GALOP en porcelaine blanche de la Chine.

90 — VASE-BALUSTRE en ancienne porcelaine blanche de la Chine; anses branchages polychromes.

91 — DEUX STATUETTES DE MENDIANTS DEBOUT en ancienne porcelaine blanche de la Chine.

92 — DEUX PETITS VASES cylindriques à panses légèrement renflées en ancienne porcelaine blanche de la Chine.

93 — PAIRE DE CORNETS à cols évasés en ancienne porcelaine blanche de la Chine, à décor de larges feuilles et rinceaux gravés sous couverte.

94 — VASE de forme fuselée en ancienne porcelaine blanche de la Chine, décoré en léger relief d'une grecque à sa partie médiane et de palmettes à ses extrémités.

PORCELAINES VARIÉES DE LA CHINE

95 — GRAND VASE-BALUSTRE en ancien céladon vert d'eau de la Chine ;
il est décoré de rinceaux, grecques, fleurs et fruits gravés sous
couverte, ainsi que de deux réserves de paysages et fleurs en bleu
et violet sur fond blanc. Anses-rinceaux ajourés.

Haut., 73 cent.

96 — AUTRE vase analogue en ancien céladon vert d'eau de la Chine ; il
est décoré de fleurs, feuilles et grecques gravées sous couverte.
Anses-dragons.

Haut., 72 cent.

97 — DEUX GROSSES POTICHES AVEC LEURS COUVERCLES en ancienne porcelaine de Chine, entièrement décorées de feuillages fleuris en vert
sur fond noir.

Haut., 60 cent.

98 — DEUX VASES à panses ovoïdes, et anses branchages, en ancien
céladon gris craquelé de la Chine.

Haut., 60 cent.

99 — DEUX GRANDS VASES-BALUSTRES en ancien céladon gris craquelé
de la Chine.

100 — DEUX GRANDES BOUTEILLES à larges panses en ancienne porcelaine de Chine émaillée bleu foncé.

101 — DEUX BOUTEILLES à panses ovoïdes en ancienne porcelaine de la
Chine émaillée bleu.

102 — DEUX VASES à panses ovoïdes et cols évasés en ancienne porcelaine de Chine flambée rouge sang.

103 — DEUX PETITES BOUTEILLES à double renflement et cols étroits
en ancien céladon vert d'eau de la Chine décorées de compartiments
lobés à fleurs ou caractères d'écriture gaufrés sous couverte.

104 — VASE ovoïde en ancien céladon vert d'eau de la Chine, à décor de grecques et animaux fantastiques gaufrés sous couverte.

105 — DEUX TABOURETS en ancienne porcelaine de Chine, en forme de barils, ajourés à leur partie supérieure, décorés de vases fleuris et ustensiles en émaux de couleurs sur fond jaune ; bossages imitant des têtes de clous.

106 — TABOURET en forme de baril ajouré à sa partie supérieure ainsi que sur deux de ses pans, en ancien céladon bleu d'empois de la Chine, décoré de rosaces et palmettes gaufrées sous couverte.

107 — BOUTEILLE à large panse en ancien céladon vert d'eau de la Chine décorée de branches fleuries en gris gaufrées sous couverte.

108 — VASE-BALUSTRE en ancien céladon vert d'eau de la Chine décoré de branches fleuries sur le col et la panse et de feuilles à la base, le tout gaufré sous couverte.

109 — VASE-BALUSTRE en ancienne porcelaine de Chine décorée en vert clair imitant le bronze, de palmettes, rinceaux, grecques, etc., en léger relief, ainsi que de quatre ressants en dorure placés sur la panse.

110 — DEUX VASES rouleaux pouvant se faire pendants en ancienne porcelaine de Chine, décorés de deux paysages animés en bleu sur fond blanc. Ils ne diffèrent que par la frise qui décore leurs cols.

111 — VASE-BALUSTRE en ancienne porcelaine de Chine à décor de chevaux en diverses attitudes, placés sans symétrie sur toutes les parties du vase ; émaux bleus et blancs sur fond vert d'eau.

112 — AUTRE légèrement plus petit, pouvant faire pendant au précédent.

113 — PAIRE DE VASES-BALUSTRES à six pans en ancienne porcelaine de Chine, à décor de branches fleuries en bleu et rouge de cuivre sur fond vert d'eau. Anses-ailettes découpées à jour.

114 — Vase-balustre aplati en ancienne porcelaine émaillée bleu de la Chine. Traces de décor de paysages animés en dorure ; anses ajourées.

115 — Vase-balustre aplati, en ancienne porcelaine émaillée bleu de la Chine. Traces de décor de paysages animés en dorure ; anses ajourées.

116 — Deux vases carrés, à pieds et ouvertures cylindriques en ancien céladon bleu d'empois de la Chine. Les anses sont formées de têtes d'éléphants en relief.

117 — Grande potiche de forme ovoïde, à col étroit, en ancien céladon gris bleuté de la Chine.

Haut., 68 cent.

118 — Vase, à panse cylindro-conique et large col en ancien céladon bleu d'empois de la Chine, gravé sous couverte de larges rinceaux feuillagés.

119 — Pot à gingembre en ancienne porcelaine de Chine, décoré en bleu de trois réserves renfermant des attributs sur un fond bleu caillouté.

120 — Bouteille en ancien céladon flambé violet de la Chine.

121 — Autre bouteille en ancien céladon flambé gris-bleu de la Chine.

122 — Vase-balustre aplati en ancien céladon bleu d'empois de la Chine, décoré en bleu, blanc et brun, de fleurs et de feuilles ; anses ajourées.

123 — Petit vase cylindrique à col légèrement évasé en ancien céladon gris craquelé de la Chine.

124 — Vase ovoïde en ancien céladon gris craquelé de la Chine.

125 — JARDINIÈRE de forme semi-ovoïde en ancien céladon bleu d'empois de la Chine, décorée sous couverte de rinceaux feuillagés sur la panse et d'une grecque à l'orifice.

126 — JARDINIÈRE à panse sphérique aplatie en ancienne porcelaine de Chine ; émail bleu soufflé.

127 — POT à gingembre muni de son couvercle et de forme ovoïde en ancienne porcelaine de Chine, à décor bleu de rochers et fleurs.

128 — VASE à panse ovoïde et col évasé en ancien céladon gris craquelé de la Chine ; le col, la panse et le pied sont décorés d'une frise de grecques et de palmettes réservées en biscuit brun ; anses mufles de chimères également réservées à biscuit.

129 — VASE analogue, mais plus petit, les motifs du décor ainsi que les anses sont de dessin différent.

130 — VASE de forme ovoïde allongée en ancien céladon flambé violet de la Chine.

131 — VASE ovoïde en ancien céladon craquelé vert d'eau de la Chine.

132 — BOUTEILLE à panse ovoïde et col allongé en ancien céladon vert d'eau de la Chine, à décor d'animaux fantastiques en diverses attitudes, émaillés bleu et blanc.

133 — VASE carré à arêtes saillantes en ancien céladon vert d'eau de la Chine.

134 — PETIT PLAT en ancien céladon gris craquelé de la Chine, à décor de branchages fleuris émaillés bleu.

135 — VASE en ancienne porcelaine de Chine, à décor bleu de personnages ; col coupé.

136 — Petit vase en ancien céladon vert d'eau de la Chine, à décor de fleurs gaufrées sous couverte.

137 — Plateau en forme de feuille d'eau, émaillé vert. Chine.

138 — Deux coupes émaillées violet : décor gravé sous couverte. Ancienne porcelaine de Chine.

139 — Pitong en ancienne porcelaine de Chine ; dragon en blanc sur fond bleu.

140 — Deux porte-bouquets en forme de carpe. Chine.

141 — Statuette de personnage debout en ancienne porcelaine de Chine.

142 — Deux chimères en ancienne porcelaine de Chine, émaillées sur biscuit.

143 — Deux porte-bouquets, en forme d'oiseaux, en ancienne porcelaine de Chine.

144 — Coupe ovale, ornée d'un lézard et émaillée jaune. Vieux Chine.

145 — Deux encriers formés chacun d'un récipient contre lequel s'appuie un personnage couché. Vieux Chine.

146 — Groupe de deux personnages. Vieux Chine.

147 — Figurine de personnage tenant une gourde. Vieux Chine.

148 — Figurine de personnage accroupi tenant une corbeille. Vieux Chine.

149 — Petite coupe en forme de feuille, émaillée violet-aubergine et renfermant un crabe émaillé bleu-turquoise. Chine.

150 — Petit encrier en ancienne porcelaine de Chine, en forme de papillon, émaillée en couleurs à sa partie supérieure, et vert d'eau dans toutes ses autres parties.

151 — Quatre godets en ancien céladon de la Chine, bleu-turquoise et vert-camélia.

152 — Théiére formée par une poule et ses poussins ; émaux jaune, vert et manganèse. Vieux Chine émaillé sur biscuit.

153 — Vase coupé, renflé à sa partie médiane, décoré de fleurs et de palmettes, Chine ; monture et couvercle en bronze doré.

154 — Deux bols en ancienne porcelaine de Chine, à décor de branches fleuries en couleurs sur fond brun.

155 — Deux petits godets carrés en ancien céladon lilas soufflé de la Chine, décorés de deux petits dragons émaillés bleu et blanc.

156 — Petite corbeille ajourée en ancienne porcelaine de la Chine, émaillée bleu, vert jaune et rose.

157 — Deux petits vases carrés en ancienne porcelaine émaillée bleu foncé de la Chine.

158 — Paire de chimères-porte-bouquets sur socles en ancienne porcelaine de Chine, émaillées vert, jaune et manganèse.

159 — Paire de chimères-porte-bouquets sur socle en ancienne porcelaine de Chine, émaillées bleu-turquoise et violet-aubergine.

160 — Deux godets d'encrier émaillés bleu, formés de têtes de crabes, en ancienne porcelaine de Chine.

161 — Autre godet, de même forme et même porcelaine, émaillé bleu-clair.

162 — DEUX PETITES COUPES LIBATOIRES en forme de feuille, émaillées violet-aubergine, en ancienne porcelaine de Chine.

163 — DEUX BOLS en ancienne porcelaine de Chine, émaillées violet-aubergine.

164 — PIÈCE, en forme de vase ajouré, en ancien céladon vert d'eau de la Chine.

165 — VASE formé de deux poissons juxtaposés en flambé violet de la Chine.

166 — JARDINIÈRE, de forme contournée, en ancienne porcelaine de Chine, émaillée sur biscuit, à décor de dragons, poissons, chevaux et fleurs, en blanc, jaune et manganèse sur fond vert.

167 — PETIT GODET d'encrier en ancienne porcelaine de Chine, émaillée gris-souris.

168 — PETIT GROUPE : Femme et enfant en ancienne porcelaine de la Chine.

169 — DEUX CHANDELIERS formés de deux statuettes d'hommes accroupis en ancienne porcelaine de Chine ; émaux verts, roses, bleu et rehauts d'encre de Chine.

170 — PAIRE DE PETITS VASES en ancien céladon gris craquelé de la Chine, avec anses et frises réservées en biscuit brun.

171 — PETITE COUPE en forme de double fruit en ancienne porcelaine de Chine émaillée vert.

172 — CHIMÈRE ASSISE en porcelaine de Chine, émaillée bleue.

173 — CHIMÈRE ASSISE et levant une patte en ancienne porcelaine de Chine émaillée bleue.

174 — Petit chien de Fô en ancien céladon gris craquelé de la Chine.

175 — Petite jonque en ancienne porcelaine de Chine, émaillée sur biscuit.

176 — Quatre petits bols en ancienne porcelaine de Chine, à décor simulant l'acajou à l'extérieur, et l'argent à l'intérieur.

177 — Deux petits vases variés en ancienne porcelaine de Chine : personnages et fleurs.

178 — Deux tasses avec couvercles et soucoupes en ancienne porcelaine de Chine, à décor dit grain de riz.

179 — Trois tasses avec leurs couvercles et leurs présentoirs en porcelaine de Chine ; décor de personnages et d'inscriptions.

180 — Autre tasse avec son couvercle de même porcelaine et même décor.

181 — Deux tasses avec leurs couvercles et leurs présentoirs en forme de losanges lobés en décor de personnages, vases fleuris et objets divers.

182 — Tasse et sa soucoupe en ancienne porcelaine de Chine, famille rose ; fleurs en couleurs et arbustes en dorure.

GRÈS DE LA CHINE

183 — Deux tabourets en forme de baril en ancien grès de la Chine, décorés chacun d'une large frise ornée d'oiseaux, de branches fleuries, et de deux têtes de chimères ; gros bossages simulant des têtes de clous.

184 — Tabouret en forme de baril en ancien grès de la Chine ; il est décoré à sa partie médiane d'une large frise ajourée, composée de rinceaux sur lesquels se détachent des oiseaux ainsi que deux têtes de chimères : bossages simulant des têtes de clous.

185 — Vase carrée à panse renflée en grès flambé de la Chine.

186 — Encrier en forme de tonnelet aplati en ancien grès de la Chine, décoré d'une frise de chiens de Fô sur fond bleu turquoise.

PORCELAINES DU JAPON

ET DE LA COMPAGNIE DES INDES

187 — Plat en ancienne porcelaine du Japon, à décor en bleu, rouge et or, de vase de fleurs au centre, et de réserves rayonnantes symétriques de chrysanthèmes alternant avec des habitations. Le revers est décoré en bleu et rouge d'une course de rinceaux feuillagés

188 — Deux vases avec couvercles en ancienne porcelaine du Japon à décor d'oiseaux sur fond bleu chargé de fleurs.

189 — Deux flacons carrés à goulots très étroits en ancienne porcelaine du Japon, à décor de branches fleuries et de palmettes.

190 — Deux petits flambeaux en ancienne porcelaine du Japon ; décor de branches fleuries en bleu, rouge et or. Monture en cuivre.

191 — Sucrier avec un couvercle en ancienne porcelaine du Japon ; décor de branches fleuries en bleu, rouge et or.

192 — Petite potiche ovoïde en ancienne porcelaine du Japon, décorée de quatre compartiments, renfermant des branchages fleuris en bleu, rouge et or.

193 — QUATRE PLAQUES en ancienne porcelaine du Japon : décor de branches fleuries en bleu, rouge et vert.

194 — DIX-SEPT PIÈCES : quatorze petites tasses et trois soucoupes : décors divers. Chine et Japon.

195 — PETITE JARDINIÈRE cylindrique en porcelaine du Japon : décor de fleurs, feuillages et oiseaux en rouge et dorure.

196 — DEUX JARDINIÈRES-APPLIQUES en forme de faucon. Porcelaine du Japon.

197 — JARDINIÈRE-APPLIQUE en forme de faucon. Porcelaine du Japon.

198 — DEUX GROUPES de volatiles. Japon.

199 — COQ en céladon vert d'eau. Japon.

200 — POTICHE de forme allongée, accompagnée de son couvercle surmonté d'une chimère, en ancienne porcelaine de la Cⁱᵉ des Indes, décorée de diverses scènes animées dans des réserves encadrées de rocailles en dorure sur fond de mosaïque.

201 — BOÎTE en forme de canard. Porcelaine de la Cⁱᵉ des Indes.

POTERIE DU JAPON

202 — PAIRE DE PETITS VASES. Satzuma.

203 — CHEVREUIL couché en poterie du Japon.

204 — RÉCIPIENT simulant deux fruits accolés. Poterie brune du Japon.

205 — DEUX FAUCONS en poterie blanche du Japon.

206 — PITONG formé d'une feuille de nélumbo. Poterie du Japon.

207 — PETIT VASE à six pans : céramique japonaise flambée violet.

208 — PETIT SOCLE en poterie grise du Japon.

OBJETS VARIÉS DE LA CHINE ET DU JAPON

JADES. ÉMAUX

209 — TROIS COUPES en jade vert uni de la Chine.

210 — COUPE en jade blanc de la Chine.

211 — COUPE lobée en jade vert de la Chine.

212 — DEUX COUPES côtelées en jade gris de la Chine.

213 — PETITE BOITE lenticulaire avec son couvercle : rinceaux ajourés et grecques gravées. Jade gris de la Chine.

214 — COUVERCLE de brûle-parfums en jade gris : rinceaux et caractères d'écriture. Chine.

215 — COUPE unie à petites anses. Jade gris de la Chine.

216 — JARDINIÈRE oblongue en jade gris de la Chine. Socle en bois dur.

217 — COUPE AVEC SON COUVERCLE en cristal de roche. Travail chinois.

218 — THÉIÈRE en pierre de lard ; anse, bambous et branchages fleuris ajourés. Chine. Pied en cuivre doré.

219 — DEUX JARDINIÈRES octogones en ancien émail cloisonné de la Chine ; décor de médaillons de personnages et caractères d'écriture sur fond bleu.

220 — PETIT BOL en ancien émail cloisonné de la Chine : fleurs et rinceaux.

221 — DEUX STATUETTES en bronze du Japon : personnages debout ayant à leurs pieds des dragons.

RED. :

25

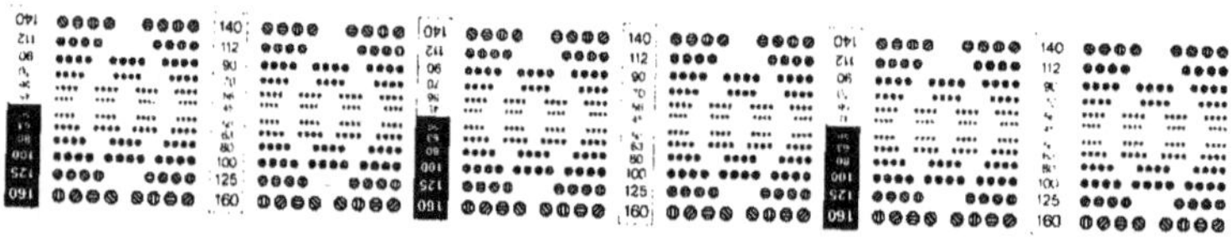

3/9 89 70
graphicom

0 1 2 3 4 5 6 7 8 9 10

MIRE ISO N° 1
NF Z 43-007
AFNOR
Cedex 7 - 92080 PARIS-LA DEFENSE